Entre toi et moi

À Claude, Marie-France et Gabrielle — G.C.

ISBN 978-1-4431-3417-0

Titre original : *Starring Me and You*

Copyright © Geneviève Côté, 2014, pour le texte et les illustrations.

Édition publiée par les Éditions Scholastic, 604, rue King Ouest, Toronto (Ontario) M5V 1E1, avec la permission de Kids Can Press Ltd.

5 4 3 2 1   Imprimé en Chine   CP130   14 15 16 17 18

Les illustrations de ce livre ont été faites selon la technique mixte.

Le texte est composé avec les polices de caractères Futura Light et Kidprint.

Conception graphique : Julia Naimska

Entre toi **et moi**

Geneviève Côté

Éditions
SCHOLASTIC

— Qu'est-ce que tu fais? Tout est prêt, le spectacle peut commencer!

— Ça me gêne d'être sur la scène.

— Et après? Moi aussi, ça me gêne!

— C'est vrai? Et tu ne te caches pas?

— Non, moi je fais semblant de sourire,
tu vois?

— Avec cet air-là, on dirait plutôt
que tu as hâte au spectacle!

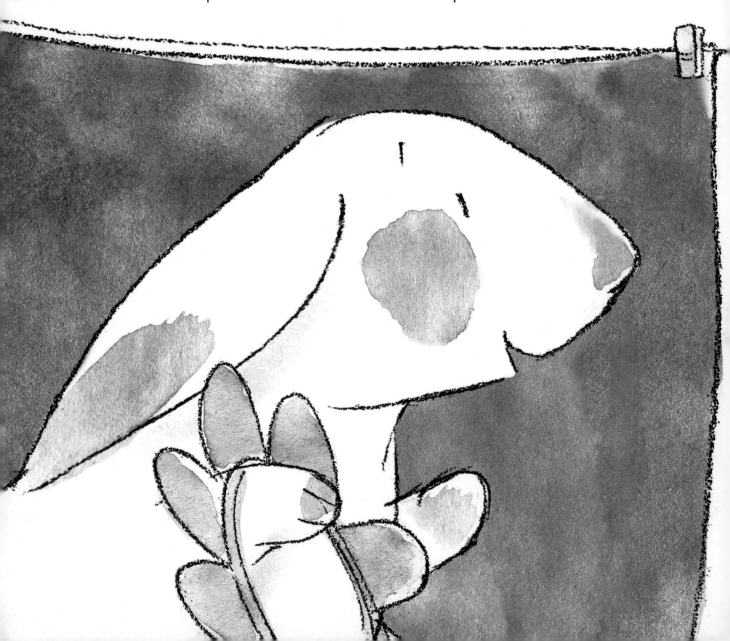

— À te trouver là, on dirait
que tu as peur des pirates!

— Mais non, quand j'ai peur,
je fige comme ça.

— Ah bon? Moi quand j'ai peur,
je HURLE comme ça.

— Et quand j'ai hâte, je saute très très haut.

— Moi quand j'ai hâte, je me dépêche
un peu trop.

— Si on commençait le spectacle?
On sera deux tournesols qui chantent en duo!

— Yohoho! Plutôt d'affreux pirates
qui attaquent un bateau!

— Les pirates, ça ne m'intéresse pas tellement.

— Les fleurs, c'est TROP ennuyant.

— Je veux mon spectacle de chant!

— Je veux mes pirates très méchants!

— GRRR! Quand je suis en colère,
je boude et je grogne.

— Moi quand je suis en colère,
je **CRIE** et je cogne!

— Mais quand on se dispute,
je suis triste en dedans.

— Moi quand je suis triste,
je pleure énormément!

— Excuse-moi d'avoir pris ton chapeau.

— Je pourrais recoller les morceaux?

— Non, ne t'en fais pas; j'apprendrai une chanson de pirate, c'est encore mieux.

— Et moi je serai le tournesol
le plus affreux!

— On fera ce qu'on pourra,
on sera ce qu'on voudra,
la scène est bien assez grande
pour toi et moi!